JUGEMENT

IMPARTIAL

SUR M***. N***. (Necker)

(1789)

JUGEMENT IMPARTIAL

sur M. N***.

EN STANCES IRRÉGULIERES.

*Les mots soulignés sont les propres expres-
sions de M. N***.*

Un riche parvenu modeste en sa dépense,
    Ayant des talens & des mœurs,
    Eclairé dans sa bienfaisance,
    Et fameux parmi les Auteurs !
N***. nous a fait voir ce phénomene en
        France,
Sur ce point j'applaudis, à ses admirateurs ;
Entre eux & *les méchans*, je tiendrai la
        balance,
Et sans doute il est sourd à la voix des
        flatteurs.

Non ! je n'irai point par envie
Lacérer cette opinion,
Le plus doux charme de sa vie

A

Qu'il promit *fiérement* à son ambition.
Son secret merveilleux assez l'en justifie,
Sous le poids des impôts mis à discrétion,
Il apprend à nos Rois comment on pacifie,
    Et soulage une nation ;
    En revanche on la gratifie
    De beaux discours sur la dévotion.

NOTE PREMIERE.

Cachez-vous troupe audacieuse
D'impiété nouveaux géants !
Par son éloquence pieuse,
L'opinion religieuse
A triomphé des Mécréans.

De sa sincérité, [quoique le méchant dise]
Je pourrois volontiers me rendre ici garant,
Ma prudence du moins seroit peu compro-
    mise ,
Car même, en amour-propre, il est sincere
    et franc.

    Qui le voit maintenant, et l'a vu dans
        Geneve ,
Doit se frotter les yeux en soupçonnant qu'il
        rêve.
A Paris ,il porta pour tout bien un bâton,
Avec un grand desir de fortune & de gloire,
Et d'abord on le voit, yprenant le haut ton,

Acquérir à la fois, [trait nouveau dans
    l'histoire,]
Grosse finance et grand renom ;
Nos arrieres neveux auront peine à le croire.

Sachant qu'on ne fait rien sans avoir un
    denier,
Et que souvent, beaucoup plus qu'on ne
    pense,
L'or de la gloire applanit le sentier ;
    Pour se conduire en conséquence
Il s'intrigue & devient agioteur caissier :
    De là bientôt son oppulence
Fit voir un bel esprit dans un riche banquier,
Mais on doit présumer de sa haute pru-
    dence,
Qu'il fut adroitement honnête en ce métier.

Cherchons donc à lui rendre encore quel-
    ques hommages ;
Les Dieux seuls ont le droit de se glorifier,
    Il se l'arroge en ses ouvrages ;
    Pourrons-nous l'en justifier ?

Quel François, sans rougir de colere ou de
    honte,
A pu voir cet orgueil que rien n'a retenu,
Sans respect pour le Roi, dans son célébre
    compte,

Montrer insolemment son amour - propre
à nu.

***

Note IIe.

Sa folle vanité dans ses écrits assomme,
Sans ménager jamais l'amour-propre d'au-
trui,
Il voit tout d'un clin d'œil, lui seul est un
grand homme,
Et c'est lui seul, enfin, qu'il faut croire
aujourd'hui.

***

Par *son ame élevée* et par son caractere,
Il s'annonce infaillible, et le badaud croit
tout ;
Il faut donc à Paris l'admirer ou se taire,
Tant que des ignorans y tiendront le haut
bout.

***

François, que son triomphe ici bas humilie,
Dressez-lui des autels, & qu'on le déifie !
Nous lui ferons humer l'encens le plus ex-
quis,
Pour Grand-prêtre il aura Villette-le Mar-
quis 1.

---

(1) M. le Marquis de Villere, a déjà fait son apothéose
dans un Journal où il l'éleve au quatrieme ciel ; il est
donc bien juste de lui décerner d'avance le grand ponti-
ficat de ce nouveau Dieu.

Note Iere.

M. N***. dans son livre sur l'importance des opinions religieuſes, n'a pas pris garde, sans doute qu'il nuisoit à la religion qu'il prêche, en la rendant complice de la tyrannie. Cardieu ne l'a certainement pas établie pour favoriser les tyrans, & leur donner plus de facilité à pouvoir opprimer les peuples impunément.

Note IIe.

M. N***. a dit très-positivement & très-expressement dans une des belles périodes de son compte rendu, en adressant la parole au Roi : . . . . . Sire, on ne verra jamais en France un aussi grand homme que moi. . . . Il ne l'a pas dit précisément dans les mêmes termes, mais il est impossible que la maniere dont il s'exprime puisse jamais signifier rien autre chose ; quelque tournure qu'on voulût y donner.

M. N***. a prouvé mieux que personne au monde que la modestie n'est plus comme autrefois le signe caractéristique des vrais

grands hommes , & du mérite supérieur.
On imaginoit alors au contraire que la jac-
tance & la présomption n'annonçoient qu'un
homme médiocre , un demi docteur ou un
charlatan.

Je voudrois demander aux enthousiastes
de M. N***, comment ils imaginent pouvoir concilier ce qu'il a dit & fait ci-devant,
avec ce qu'il doit dire & faire aujourd'hui,
son ame élevée ne lui permettant pas de
convenir jamais qu'il a pu se tromper.

M. N***. a sans contredit de vrais ta-
lens & un genre de mérite généralement
reconnu. Malgré cela , je ne conçois pas
comment un François bon citoyen dans le
fond de l'ame , & ayant quelque instruc-
tion , peut prendre une confiance. aveugle
dans l'administration d'un homme qui dans
ses écrits a dit à notre jeune Monarque, qu'il
tenoit de la couronne le droit d'imposer à
son gré. Qui de plus a voulu lui procurer
les moyens d'éviter pour l'établissement des
impôts & des emprunts le petit embarras
des enregistremens d'usage aux parlemens ,
à l'aide des administrations provinciales ,
en lui donnant le Machiavaliste secret d'en

corrompre les membres plus facilement qu'on ne feroit les magistrats.

Pour peu qu'on ait lu M. N***., on voit que son opinion constante est que les propriétaires des terres sont les ennemis naturels & les oppresseurs nécessaires de toutes les autres classes de la société. Si ce principe étoit aussi certain dans l'ordre naturel des choses que le prétend M. N***, il est évident qu'il seroit absolument nécessaire d'abolir tout-à-fait, & pour jamais le droit de propriété territoriale ; car comme les hommes qui ne sont point possesseurs de terres , sont & seront toujours nécessairement dans une société civilisée , en beaucoup plus grand nombre que les propriétaires fonciers , la justice souveraine ne permet pas de sacrifier les intérêts d'un très-grand nombre d'hommes à l'avantage d'un petit nombre. Et tout au contraire, il n'y a de loi juste que celle qui est également utile & avantageuse à chacun des citoyens en particulie   à tout en général, ou du moins au plus gr   nombre d'entre eux. D'après ce premier pr icipe incontestable , que de choses nécessaires à réformer en France ? cela me feroit trembler si j'étois Roi.

Il y a plus de trente-cinq ans, que j'ai dit quelquefois dans la conversation.... Si j'étois Roi, je donnerois demain un Edit, par lequel j'annoblirois tous les citoyens de la France, alors il n'y auroit pas un seul honnête homme qu'on pût appeler roturier, & ce vilain mot seroit proscrit de la langue françoise.... Mais me disoit-on, ce seroit une folie, il n'y auroit plus de distinction dans la société, & que deviendroit la noblesse : elle seroit avilie, elle n'auroit plus de priviléges, car ce qui est commun à tous les citoyens, n'est plus un privilege pour ceux qui en jouissent...... Je répondois : la véritable noblesse ne seroit point du tout avilie par-là, bien au contraire elle en seroit plus distinguée ; la noblesse a été depuis long-temps véritablement avilie par la vénalité de ce titre de distinction. Ce n'est point au Gouvernement, ce n'est point au Roi qu'il appartient de déclarer qu'une telle famille sera noble. Car qu'est-ce qu'on peut entendre par ce mot de noblesse ? C'est la

considération

considération dont telles & telles familles jouissent dans l'opinion publique : ce n'est que cela, ou ce n'est rien ; & les Rois n'ont pas le droit ni le pouvoir de commander à l'opinion. De plus, cette ligne précise de démarcation, que notre Constitution actuelle a mise entre ce que nous appellons l'ordre du tiers & l'ordre de la noblesse, nous fait prêter le flanc au despotisme, en divisant les intérêts & les opinions : *Divide & impera* ; voilà son grand secret. J'ai bien peur d'en voir le succès dans l'Assemblée de nos Etats-Généraux.

O Gentilshommes ! renoncez d'avance à tout privilége d'intéret ou de vanité, plutôt que de vous désunir du Tiers-Etat, & soyez convaincus qu'il vaut cent fois mieux cesser d'être Gentilhomme, & redevenir simple citoyen ou bourgeois d'un état libre, qué d'être comte, marquis, ou duc, sous un despote. Enfin, entendons-nous tous de maniere qu'un tiers ne puisse pas venir nous dire je veux.

Quoique j'ai souvent entendu dire à des personnes dont l'opinion doit être plus im-

posante que la mienne, que, dans une mo-
narchie, il faut un corps de noblesse dis-
tingué du reste de la nation, je n'en crois
rien; ou du moins, si ce corps de noblesse
est utile, c'est pour l'intérêt du prince, &
non pour celui du peuple. De tous les des-
potes connus, l'Empereur de la Chine est
celui dont le peuple, depuis quatre mille
ans, est le moins opprimé, & il n'y a jamais eu de noblesse héréditaire dans son
empire.

J'ai vu, sous le précédent regne, un
homme d'une naissance vile, sans être dé-
dommagé d'ailleurs par l'éducation & la cul-
ture de son esprit, ou par l'étude de la phi-
losophie, qui, après être parvenu à se faire
employer dans les vivres, et à y devenir
en très-peu de temps un très-gros million-
naire, a été regardé ensuite comme le sou-
tien et la colonne de l'état. Et je vois, sous
le regne présent, un étranger arrivé dans
Paris, pauvre comme un rat d'église, qui,
après avoir fait très-rapidement une fortune
immense par l'agiotage, et dans la banque,

devient tout-à-coup dans l'opinion l'oracle de la France , & s'y fait regarder comme le seul homme dans l'univers qui puisse aujourdhui soutenir le trône & sauver le peuple.

Quand j'y fais réflexion, j'ai honte d'être né François !